C. DE KIRWAN

(JEAN D'ESTIENNE)

NEWTON

ET

L'ACTION A DISTANCE

Extrait de la *Revue des questions scientifiques*, janvier 1893.

BRUXELLES

IMPRIMERIE POLLEUNIS ET CEUTERICK

37, RUE DES URSULINES, 37

1893

C. DE KIRWAN

(JEAN D'ESTIENNE)

NEWTON

ET

L'ACTION A DISTANCE

Extrait de la *Revue des questions scientifiques*, janvier 1893.

BRUXELLES

IMPRIMERIE POLLEUNIS ET CEUTERICK

37, RUE DES URSULINES, 37

1893

NEWTON

ET

L'ACTION A DISTANCE

Felix qui potuit rerum cognoscere causas !

disait déjà Virgile. Plus que jamais, de nos jours cette aspiration de la pensée antique reflète les tendances de l'esprit humain. Quand il a, par l'observation, constaté, enregistré, classé de longues séries de phénomènes ; quand, leur appliquant son raisonnement, il en a déduit les lois qui les régissent, et fondé, d'après ces lois, les théories qui les groupent, les coordonnent et en expliquent l'enchaînement, il n'est pas encore satisfait. Il voudrait savoir le *comment* et le *pourquoi* de ces phénomènes, de ces lois, de ces théories. C'est alors que, du domaine des choses physiques, il s'élève instinctivement à la métaphysique, qui seule peut, du moins dans une certaine mesure, donner réponse aux nouvelles questions qu'il se pose.

Par malheur, l'esprit humain ne discerne pas toujours avec une entière exactitude la limite qui sépare le domaine de la science proprement dite du domaine de la philosophie. Parfois le savant, méconnaissant cette limite, fait incursion sur un domaine qui n'est pas le sien et s'y fourvoie ; ou bien le philosophe, s'attachant trop exclusivement à tel ou tel principe métaphysique dont la certitude peut être contestée, y lie trop étroitement les données acquises de la science, ce qui l'oblige à imaginer de nouvelles théories venant s'ajouter, en les compliquant, aux théories physiques antérieures, — ingénieuses créations de l'esprit sans doute, mais que rend justement suspectes l'extrême multiplicité des éléments hypothétiques qu'elles mettent en œuvre.

Parmi les principes métaphysiques donnés comme axiomes qu'on ne prend pas la peine de démontrer, ou qu'on démontre sans examiner ni réfuter les objections opposables à la démonstration, l'un de ceux qui sont le plus en vogue en ce moment est celui de la prétendue absurdité de l'action à distance. On s'appuie, en sa faveur, sur l'autorité de Newton, sans se demander en quelle circonstance, à quel propos et surtout dans quel sens le grand astronome a formulé sa condamnation. Les adversaires notamment de l'*atomisme moderne* ou *dynamisme,* — cette grandiose théorie qui réunit dans une merveilleuse synthèse les lois de la gravitation universelle à celles des attractions moléculaires, — lui opposent comme fin de non-recevoir la soi-disant impossibilité de l'action d'un corps sur un autre en dehors de leur mutuel contact, direct ou médiat.

Nous n'avons pas la prétention de nous poser ici en champion du dynamisme, ni en adversaire de ses contradicteurs. Nous voudrions seulement essayer de montrer que Newton n'était pas si opposé à l'action à distance qu'on le croit généralement : lui-même, se plaçant au point de vue seulement des déductions mathématiques et écartant le point de vue métaphysique, s'appuie *pratiquement* toujours sur l'action à distance des corps les uns sur les autres, constatant que, dans le monde physique, *tout se passe comme si* cette action était réelle.

I

L'OPINION DE NEWTON SUR LES CAUSES DE LA GRAVITÉ

Ainsi donc, la grosse, la très principale objection, le reproche fondamental que l'on adresse au dynamisme, c'est de s'appuyer sur le principe, réputé métaphysiquement absurde, de cette fameuse *action à distance*. Or, pour établir cette prétendue absurdité, l'on se borne le plus souvent à invoquer un argument d'autorité emprunté à une phrase puisée dans les écrits de Newton. Encore ne cite-t-on pas toujours cette phrase textuellement; parfois on en donne seulement le sens tel qu'on l'imagine, plutôt que de reproduire intégralement, et après vérification, la phrase invoquée. On dira, par exemple, que pour Newton « l'action à distance constitue une absurdité tellement grande qu'il ne croit pas qu'un homme capable de raisonner convenablement sur des sujets philosophiques puisse jamais y tomber » (1).

Mais qui ne sait qu'une phrase détachée, isolée de son contexte, peut souvent ne donner qu'une idée incomplète, parfois même fausse, de la pensée de l'écrivain à qui elle est empruntée? Le passage dont on s'empare pour appuyer de l'autorité de Newton l'opinion contraire à la possibilité de l'action à distance, est tiré de la correspondance du grand astronome avec le Dʳ Bentley. Cette correspondance se compose de quatre lettres adressées par Newton au célèbre sermonnaire, du 10 décembre 1692 au 25 février 1693. Elle forme la vııᵉ division du tome IVᵉ des œuvres

(1) *Compte rendu* du Congrès scientifique international des catholiques en 1891, vııᵉ section, p. 160. — Voir aussi les citations plus ou moins complètes de la fameuse phrase de Newton, dans les ouvrages suivants : Gardair, *Corps et âme*, 1892, pp. 16-17 ; — Paul Janet, *Le Matérialisme contemporain*, 1864, p. 65; — F. Papillon, *Histoire de la philosophie moderne*, 1876, t. 1ᵉʳ, p. 196; — *Introduction scientifique à la foi chrétienne* par Un ingénieur de l'État, ancien élève de l'École polytechnique, p. 61, Paris, Bloud et Barral, 1892.

complètes, éditées en cinq volumes in-4°, sous ce titre :
« *I. Newton. Opera quae exstant omnia, commentariis illustrabat Samuel Horsley.* Londini excudebat Johannes Nichols, 1782. »

Donnons d'abord, mais en son entier, le fragment que résume censément la phrase citée tout à l'heure.

« Croire que la gravité soit une chose *innée, inhérente, essentielle à la matière*, de telle sorte qu'un corps puisse agir sur un autre à distance, à travers le vide, sans l'intervention d'aucun intermédiaire qui transmette cette action ou cette force de l'un à l'autre, est pour moi une si grande absurdité que je ne crois pas qu'un homme doué de la faculté de raisonner sur les sujets philosophiques puisse jamais y tomber. La gravité doit être causée par un agent agissant constamment suivant certaines lois. Cet agent est-il matériel ou immatériel? Je laisse à mes lecteurs le soin d'en décider » (1).

Il est à propos d'ores et déjà de remarquer le passage que nous avons souligné dans cette citation. Il semble en résulter que l'objet de la hautaine condamnation de Newton est moins l'action à distance envisagée en soi, que la prétention de considérer la gravitation ou gravité *(gravity)* comme une propriété *innée* de la matière, une propriété *inhérente, essentielle* à la matière, en ce sens que la matière la posséderait par elle-même, par sa propre vertu, et sans qu'il soit besoin d'y faire intervenir l'action du Créateur.

Ce qui vient à l'appui de cette interprétation, c'est ce fait bien remarquable, que Newton permit au mathéma-

_____

(1) « That gravity should be innate, inherent and essential to matter, so that one body may act upon another at a distance through a vacuum, without the mediation of any thing else, by and through which their action and force may be conveged from one to another, is to me so great an absurdity, that I believe no man who has in philosophical matters a competent faculty of thinking, can ever fall into it. Gravity must be caused by an agent acting constantly according to certain laws; but whether this agent be material or immaterial, I have left to the consideration of my readers. » Letter iii, Cambridge, Feb. 25, 1692-3, in *Opera quæ exstant omnia*, t. iv, p. 438.

ticien Cotes de mettre, dans la préface de la seconde édition du livre des *Principes de philosophie naturelle*, une déclaration en sens contraire. On peut même dire que toute cette préface, qui ne comprend pas moins de quinze pages in-4°, est conçue dans cet esprit. Citons-en quelques passages :

« Gravitatis virtutem universis corporibus inesse, suspicati sunt vel finxerunt alii : primus ille et solus (Isaacus Newton) ex apparentiis demonstrare potuit, et speculationibus egregiis firmissimum ponere fundamentum. »

Ce n'est pas que cette théorie fût acceptée sans conteste. L'auteur de la *Préface* le reconnaît : « Scio equidem, ajoute-t-il, nonnullos etiam magni nominis viros, praejudiciis quibusdam plus aequo occupatos, huic novo principio aegre assentiri potuisse, et certis incerta identidem praetulisse. » Mais il dédaigne de les combattre et s'en rapporte au lecteur : « Horum famam vellicare non est animus : tibi potius, benevole lector, illa paucis exponere lubet, ex quibus tute ipse judicium non iniquum feras. »

Plus loin il continue à raisonner dans le même esprit :
« Vires attractivae corporum, in aequalibus distantiis, sunt ut quantitates materiae in corporibus..... Oritur et componitur vis attractiva corporum integrorum ex viribus partium : siquidem aucta vel diminuta mole materiae ostensum est, proportionaliter augeri vel diminui ejus virtutem... », etc.

Entre la *Préface* de la deuxième édition des *Principes de philosophie naturelle*, publiés en 1713, et la célèbre déclaration de Newton écrivant à Bentley en 1692, la contradiction n'est qu'apparente ; elle disparaît si l'on admet deux points de vue différents : l'un, celui de la lettre à Bentley, qui impliquait l'idée d'une matière ne relevant que d'elle-même et tirant d'elle-même ses propres lois, idée très justement qualifiée d'absurde ; l'autre, celui de l'auteur de la préface, considérant la gravité comme inhérente et essentielle à la matière *en tant que Dieu l'aurait créée avec cette propriété.* Ici, il n'y plus rien d'absurde, et Newton, n'ayant pas voulu dire autre chose dans sa lettre à Bentley, pouvait très bien autoriser les déclarations de Cotes en tête d'un de ses principaux ouvrages.

A la vérité, la phrase finale du passage cité de la lettre à Bentley semble atténuer la portée de cette interprétation, puisque, après avoir affirmé que la gravité doit être causée par un agent agissant constamment suivant certaines lois, le grand astronome ajoute qu'il laisse à ses lecteurs le soin de décider si cet agent est matériel ou immatériel.

Mais si l'on se reporte au surplus de la correspondance, on est conduit, selon nous, à reconnaître que cette phrase finale est plutôt une formule oratoire, une manière d'affirmer qu'il s'agit d'un agent immatériel, la chose lui paraissant trop évidente pour qu'il y ait lieu de l'exprimer d'une manière plus affirmative. En effet, si on jette les yeux sur une lettre antérieure, on voit que Newton se refuse à admettre que le mouvement transversal des planètes puisse résulter, comme depuis Laplace l'a affirmé, mais sans démonstration, puisse résulter des attractions combinées, et ne soit point dû à une impulsion étrangère.

« L'impulsion transversale, lit-on dans la seconde lettre, doit être exactement déterminée ; car, trop forte ou trop faible, elle lancerait la planète dans quelque autre direction. En outre, *je ne connais aucun pouvoir dans la nature capable d'opérer ce mouvement transversal sans l'intervention divine.* Blondel dit quelque part, d'après Platon, que le mouvement des planètes est tel que Dieu semble les avoir créées dans quelque région très éloignée de notre système, et les avoir de là laissé tomber vers le soleil ; puis, qu'aussitôt arrivées à leurs orbites respectives, elles ont vu leur mouvement de chute se transformer en un mouvement transversal. Et ceci est vrai si l'on suppose que la force de gravitation du soleil était double au moment où toutes arrivèrent à leurs orbites respectives. Mais alors *la puissance divine est ici requise* à un double point de vue, notamment *pour changer le mouvement de chute des planètes en un mouvement latéral*, et en même temps pour doubler la force attractive du soleil. Ainsi la gravité peut mettre les planètes en mouvement, mais *sans l'action divine elle ne pourrait jamais leur imprimer un mouvement circulaire* comme celui qu'elles ont autour du soleil ; et c'est pour cela, comme aussi pour d'autres raisons, que je suis amené à attribuer l'origine de ce système à un agent intelligent » (1).

La préoccupation de Newton relative à l'intervention divine dans l'origine du monde et des lois qui le régissent, se révèle également dans sa quatrième lettre à Bentley. On nous permettra d'en citer le passage principal.

« Dans mes précédentes lettres, je vous disais que la rotation diurne des planètes ne pouvait pas résulter de la gravité, mais *exigeait une main divine* pour leur imprimer ce mouvement. Quoique la gravité puisse donner aux planètes un mouvement de chute vers le soleil, soit directe soit légèrement oblique, cependant le mouvement tangen-

---

(1) « The transverse impulse must be a just quantity ; for if it be too big or too little, it will cause the earth to move in some other line. Secondly, I do not know any power in nature which would cause this transverse motion without the divine arm. Blondel tells us somewhere that Plato affirms that the motion of the planets is such, as if they had all of them been created by God in some region very remote from our system, and let fall from thence towards the sun, and so soon as they arrived at their several orbs, their motion of falling turned aside into a transverse one. And this is true, supposing the gravitating power of the sun was double, at that moment of time in which they all arrive at their several orbs ; but then the divine power is here required in a double respect, namely, to turn the descending motions of the falling planets into a side motion, and at the same time to double the attractive power of the sun. So then gravity may put the planets intomotion, but without the divine power it could never put them into such a circulating motion, as they have about the sun ; and therefore for this, as well as other reasons, I am compelled to ascribe the frame of this system to an intelligent Agent. » Letter ii, Trinity College, Jan. 17, 1692-3, p. 436, in *Opera*, etc.

tiel, suivant lequel elles parcourent leurs orbites, *exige l'action de Dieu* pour les diriger suivant la tangente à ces mêmes orbites. J'ajouterai maintenant que l'hypothèse d'une matière primitive également répandue à travers l'espace est, dans mon opinion, incompatible avec celle de la gravitation innée, *à moins d'une intervention extra-naturelle* pour les concilier, ce qui implique, par conséquent, l'existence d'une Divinité. Car, s'il y a une gravitation innée, il est impossible aujourd'hui que la matière de la terre, des planètes et des étoiles s'en échappe pour se répandre également à travers tout l'espace, *à moins d'un pouvoir extra-naturel*, et il est certain que ce qui ne pourrait avoir lieu aujourd'hui sans un pouvoir extra-naturel, *n'a pu se faire précédemment sans ce même pouvoir* » (1).

On le voit, ce que Newton tient avant tout à établir, c'est la nécessité d'une intervention divine dans l'origine de l'univers et dans le maintien des lois qui le régissent. Ce qu'il réprouve, ce n'est pas l'action à distance comme fait, mais comme une vertu que la matière tirerait d'elle-même et sans cause extérieure. La gravité, dit-il dans sa troisième lettre, doit être causée par un agent agissant constamment suivant certaines lois. Mais rien ne s'oppose à ce que, dans la pensée intime de Newton, cet agent ne soit Dieu lui-même ; et ce qu'il dit dans ses deuxième et

(1) " In my former letters, I represented that the diurnal rotations of the planets could not he derived from gravity, but required a divine arm to impress them. And though gravity might give the planets a motion of descent towards the sun, either directly or with some little obliquity, yet the transverse motions by which they revolve in their several orbs, required the divine arm to impress them according to the tangents of their orbs. I would now add, that the hypothesis of matter's being at first evenly spread through the heavens, is, in my opinion, inconsistent with the hypothesis of innate gravity, without a supernatural power to reconcile them ; and therefore it infers a Deity. For if there be innate gravity, it is impossibile now for the matter of the earth and all the planets and stars to fly up from them, and become evenly spread throughout all the heavens, without a supernatural power ; and certainly that which can never be hereafter without a supernatural power, could never be heretofore without the same power. , Lett. iv, Cambridge, Feb. 11, 1693, p. 441, in *Opera*, etc.

quatrième lettres ne fait que confirmer cette interprétation ; il y admet même, *moyennant l'intervention divine*, la gravitation innée, si vivement combattue dans sa troisième lettre.

Il est vrai que l'on pourrait opposer à cette interprétation le reproche adressé à la théorie des monades de Leibnitz sans action directe les unes sur les autres, et dire que ce n'est pas résoudre un problème que de trancher le nœud même de la question par l'intervention d'un agent supérieur substitué aux causes secondes dont il s'agit précisément de mettre les opérations en évidence (1).

Mais il est à remarquer que Newton évite avec soin de fournir aucune explication des faits qu'il pose concernant la gravité, les attractions mutuelles des corps. Il veut, avant tout, quand il fait de la physique, rester sur le terrain de la constatation des phénomènes, sans en demander le pourquoi. Ce qui lui tient à cœur, c'est d'abord d'affirmer et d'établir la nécessité absolue d'une cause première et intelligente comme point de départ des phénomènes cosmiques, et ensuite de montrer que l'ensemble de ces phénomènes est soumis à une loi qu'il nomme attraction, comme il pourrait l'appeler impulsion, sans vouloir s'expliquer d'ailleurs sur la cause immédiate ou le mode d'action de cette loi. Il revient fréquemment sur ce point. Il constate une loi générale, universelle, à laquelle tous les corps obéissent rigoureusement, tout, dans la nature, se passant suivant cette loi. Mais il refuse d'élever aucune conjecture, de former aucune hypothèse pour en tenter l'explication.

« Je n'ai pas encore pu conclure des phénomènes à la raison de ces propriétés de la gravitation, et je ne fabrique point d'hypothèses », dit-il aux dernières lignes de sa *Philosophie naturelle* (2). Dès le début du même ouvrage,

(1) J. Gardair, *Corps et âme*, p. 20. Paris.
(2) "Rationem vero harum gravitatis proprietatum, ex phaenomenis nondum potui deducere, et hypotheses non fingo. , *Philosophiae naturalis principia*

il dit qu'il emploie indifféremment les termes d'attraction,
d'impulsion ou de propension quelconque vers un centre,
parce qu'il considère ces forces au point de vue mathématique et non au point de vue physique (1). Et il se hâte
d'ajouter que, dans le cas où il aurait parlé d'attractions
des centres, de forces des centres, on doit bien prendre
garde de croire que, par ces expressions, il entend définir
l'espèce ou le mode d'action ou la raison physique de ces
forces, et qu'il les attribue véritablement à des points
mathématiques comme centres (2).

Néanmoins il suppose toujours pratiquement ce qu'il se
défend d'admettre en tant que théorie. Il se demande
même si, dans la plupart des phénomènes de la nature,
les dernières particules des corps n'ont pas des vertus,
puissances ou forces particulières, au moyen desquelles
elles agissent les unes sur les autres, *à travers un certain
intervalle*. Il est assez connu, ajoute-t-il, que les corps
s'influencent réciproquement par les attractions de la
pesanteur comme par les forces électriques et magnétiques (3). Plus loin, il remarque que ces attractions de la
pesanteur et des forces magnétiques et électriques s'exer-
cent à des distances assez grandes pour arriver facilement
à la connaissance du vulgaire; mais il a soin d'ajouter que
les unes et les autres peuvent aussi *s'exercer dans des*

mathematica, auctore Isaaco Newtono. Ed. 11ᵃ auctior et emendatior. Canta-
brigae, 1713. In Scholio finali.

(1) " Porro attractiones et impulsus eodem sensu acceleratrices et motrices
nomino. Voces autem attractionis, impulsus vel propensionis cujuscumque
in centrum indifferentes et pro se mutuo promiscue usurpo, has vires non
physice sed mathematice tantum considerando. „ *Ibid.*, p. 5.

(2) " Unde caveat lector, ne per hujusmodi voces cogitet me speciem vel
modum actionis causamve aut rationem physicam alicubi definire, vel centris
(quae sunt puncta mathematica) vires vere et physice tribuere, si forte aut
centra trahere, aut vires centrorum esse dixero. „ *Ibid.*

(3) " Annon exiguae corporum particulae certas habent virtutes, potentias,
sive vires, quibus, per interjectum aliquod intervallum, agant... mutuo in
seipsas, ad producenda pleraque phaenomena naturae ? Satis etiam notum
est, corpora in se invicem agere per attractiones gravitatis, virtutisque
magneticae et electricae. „ *Optice, auctore Isaaco Newton.* Editio novissima,
Lausannae et Genevae, 1740. Quaestio xxxi.

limites tellement restreintes qu'elles échappent à toute observation (1).

Ces dernières particules du corps *(exiguae particulae)*, agissant les unes sur les autres à travers un certain intervalle, *per interjectum aliquod intervallum*, ces attractions pouvant s'exercer dans des limites assez restreintes pour échapper à l'observation, tout cela nous semble bien voisin, au moins dans l'ordre phénoménal, des atomes de Boscowich s'attirant et se repoussant mutuellement. Mais n'anticipons pas.

D'ailleurs l'illustre physicien ne manque pas d'insister ici, comme toujours, sur sa précaution de ne rien préjuger quant aux causes. « Je ne recherche point, dit-il dans la Question xxxie de son *Optique,* quelle peut être la cause efficiente de ces attractions. Ce que j'appelle attraction pourrait très bien être l'effet d'une impulsion ou de quelque autre mode qui nous est inconnu. Si j'adopte ici ce terme d'attraction, c'est seulement en ce sens qu'il existe dans l'univers une certaine force par suite de laquelle les corps tendent réciproquement les uns vers les autres, à quelque cause d'ailleurs que cette force doive être attribuée » (2). Ce n'est pas là, après tout, suivant lui, le point intéressant; et il importe bien davantage de connaître les corps qui s'attirent ainsi que les lois et propriétés de cette attraction (3).

---

(1) « Attractiones gravitatis, virtutesque magneticae et electricae, ad satis magna se extendunt illae quidem intervalla; adeoque etiam sub vulgi sensum notitiamque ceciderunt. At vero fieri potest, ut sint praeterea aliae quoque aliquae, quae tam angustis finibus contineantur, ut usque adhuc omnem observationem fugerint. , *Optice,* etc.

(2) « Qua causa efficiente hae attractiones peragantur, in id vero hic non inquiro. Quam ego attractionem appello, fieri sane potest ut ea efficiatur impulsu, vel alio aliquo modo nobis ignoto. Hanc vocem attractionis ita hic accipi velim, ut in universum solummodo vim aliquam significare intelligatur, qua corpora ad se mutuo tendant, cuicunque demum causae attribuenda sit illa vis. , *Ibid.*

(3) « Nam ex phaenomenis naturae illud nos prius edoctos oportet, quaenam corpora se invicem attrahant, et quaenam sint leges et proprietates istius attractionis, quam in id inquirere par sit, quanam efficiente causa peragatur attractio. , *Ibid.*

En d'autres parties de ses écrits où il revient encore sur la même idée, Newton admet implicitement cette fameuse action à distance parmi les causes possibles de la gravitation, puisque, après avoir renouvelé sa déclaration de donner le nom d'attraction simplement à la tendance des corps à se rapprocher les uns des autres, il ajoute : « soit que cette tendance *provienne de l'action même des corps* se cherchant mutuellement, ou s'agitant entre eux sous certains effluves *(spiritus emissos)*, soit qu'elle vienne de l'action de l'éther, ou de l'air, ou d'un milieu quelconque corporel ou incorporel projetant de quelque manière que ce soit les uns contre les autres les corps immergés » (1).

Qu'est-ce que peut bien être une tendance ou, plus exactement, un effort *(conatus)* des corps pour se rapprocher les uns des autres, par l'action même de ces corps se cherchant mutuellement, sinon cette action à distance, objet de tant de récriminations et d'anathèmes ? Sans doute Newton n'en parle qu'incidemment, comme d'une cause simplement possible, parmi plusieurs autres également possibles, en se tenant toujours sur le terrain pratique et en refusant constamment de se prononcer sur aucune d'elles. Il n'en est pas moins vrai qu'il envisage nettement l'éventualité où la cause de la tendance des corps à se rapprocher les uns des autres, autrement dit de la loi de la gravitation, proviendrait de l'action de ces corps se cherchant mutuellement, *sive conatus iste fiat ab actione corporum se mutuo petentium.*

Si l'illustre astronome avait considéré l'action à distance comme une si grande absurdité dans le sens qu'on lui prête, aurait-il été dire que l'attraction peut avoir pour cause l'action réciproque des corps se cherchant

(1) « Vocem attractionis hic generaliter usurpo pro corporum conatu quocunque accedendi ad invicem, sive conatus iste fiat ab actione corporum, vel se mutuo petentium, vel per spiritus emissos se invicem agitantium, sive is ab actione aetheris, aut aeris, mediive cujuscunque seu corporei seu incorporei oriatur corpora innatantia in se invicem utcunque impellentis. » *Philosophiae naturalis*, etc., p. 172, Scholium.

mutuellement les uns les autres ? Ou cette parole est une simple répétition de mots, un non-sens par conséquent, ou elle signifie l'action mutuelle des corps à travers le vide. Et en effet, aussitôt après, il place l'alternative de l'intermédiaire d'un milieu, éther, air, ou autre : *sive is ab actione aetheris, aut aeris, mediive cujuscunque seu corporei seu incorporei oriatur, corpora innatantia in se invicem utcunque impellentis.* C'est donc, en d'autres termes, soit par l'action d'un milieu immergeant, corporel ou incorporel, quelconque, soit en l'absence de ce milieu, mais par l'action des corps eux-mêmes, qu'ils tendent à se réunir les uns aux autres. Voilà ce que dit Newton.

Par conséquent, lorsqu'il adressait à Bentley la phrase, si souvent et plus ou moins fidèlement citée, de sa troisième lettre au célèbre sermonnaire, il avait en vue avant tout un but philosophique ; il voulait lui fournir des arguments contre l'athéisme et pour la démonstration rationnelle de l'existence de Dieu. Et l'on n'ignore pas que les lettres de l'astronome spiritualiste furent d'un utile secours au chapelain de Saint-Paul de Londres pour la composition des huit sermons contre l'athéisme qui lui valurent le prix institué par Boyle. C'est dans le but d'obtenir des preuves cosmologiques pour sa démonstration que Bentley avait sollicité de Newton les consultations dont nous avons donné, en commençant, les parties principales. C'était donc bien la pensée de regarder la matière et les lois qui la régissent comme indépendantes d'une cause première, extérieure, intelligente et souveraine, comme indépendantes de l'action divine en un mot, que Newton considérait comme une absurdité si grande qu'il ne croyait pas qu'un homme sain d'esprit pût y tomber jamais.

Cette interprétation est confirmée d'ailleurs par toute la philosophie de l'illustre astronome qui, dans le scolie final de ses *Principes mathématiques de philosophie naturelle*, exprime, sur la puissance et la nature de Dieu, les pensées les plus sublimes et que ne désavoueraient pas, sans doute, les Pères mêmes de l'Église. Qu'il nous soit permis d'en rappeler quelques passages.

Après avoir résumé à grands traits la description du système solaire, il ajoute :

« Ce magnifique ensemble que forment le soleil, les planètes et les comètes n'a pu naître sans la volonté et le pouvoir d'un Être intelligent et puissant. Et si les étoiles fixes sont les centres de systèmes semblables, ils seront tous construits sur un plan pareil, tous soumis à la puissance d'un seul Maître ; alors surtout que la lumière des étoiles fixes est de même nature que celle du soleil, et que tous ces systèmes se renvoient les uns aux autres leur lumière » (1).

Puis, ayant passé aux attributs de la Divinité et les ayant développés, il les résume en ce sublime langage :

« Dieu est éternel et infini, il est omnipotent, auteur de tout ; il dure d'éternité en éternité et il est présent de l'infini jusqu'à l'infini, il gouverne tout et connaît tout, aussi bien ce qui est que ce qui peut être. Il n'est pas l'éternité ou l'infinité, mais il est éternel et infini ; il n'est pas la durée ou l'espace, mais il dure et il est présent. Il dure toujours, il est présent partout ; et parce qu'il existe partout et toujours, par lui se réalisent la durée et l'espace, l'éternité et l'infinité » (2).

Pour faire comprendre combien peu nous connaissons la substance divine, nonobstant l'idée que nous pouvons

(1) " Elegantissima haecce Solis, planetarum et cometarum compages nonnisi consilio et dominio Entis intelligentis et potentis oriri potuit. Et si stellae fixae sint centra similium systematum, haec omnia simili consilio constructa, suberunt Unius dominio; praesertim cum lux fixarum sit ejusdem naturae ac lux solis, et systemata omnia lucem in omnia immittant. „ *Philosophiae naturalis*, etc. Scholium generale, p. 481.

(2) " Eternus est et Infinitus, Omnipotens et Omnificiens, id est, durat ab eterno in eternum, et adest ab infinito in infinitum, omnia regit et omnia cognoscit, quae fiunt aut fieri possunt. Non est eternitas vel infinitas, sed eternus et infinitus; non est duratio vel spacium, sed durat et adest. Durat semper et adest ubique; et existendo semper et ubique durationem et spatium, eternitatem et infinitatem constituit. „ *Ibid.*

avoir de ses attributs (1), Newton emploie une comparaison très heureuse et qui d'ailleurs rentre tout à fait dans son système de s'occuper des phénomènes et des lois qui les régissent sans en rechercher les causes primordiales, autrement dit, de rester, quand il fait de la physique et des calculs, exclusivement dans le domaine de la physique et des mathématiques.

« Nous voyons seulement, dit-il, la figure et la couleur des corps, nous entendons des sons, nous touchons des surfaces extérieures, nous flairons des odeurs et nous goûtons des saveurs ; mais nul sens, nulle action réflexe ne nous fait connaître la nature substantielle des corps ; et bien moins encore avons-nous idée de la substance de Dieu. Nous le connaissons seulement par ses propriétés et ses attributs, par l'ordre parfait et la souveraine sagesse de la structure de l'univers, et par les causes finales » (2).

Nous arrêterons là ces citations. Car, à vouloir donner ici en leur entier les belles pensées du grand astronome, nous serions entraînés trop loin. Aussi bien, ce qui précède suffit au but que nous nous sommes proposé. Newton, en même temps qu'un vaste et puissant génie scientifique, possédait un esprit profondément philosophique et religieux. Sa haute intelligence se refusait énergiquement à accepter ces concepts, vulgaires et en révolte contre la raison, d'après lesquels les phénomènes résulteraient d'une sorte de chaîne sans fin de causes secondes qu'aucune cause première et antérieure n'aurait déterminées à l'origine, dont aucun plan, aucun but, aucune fin n'auraient réglé l'ordre et l'harmonie. Voilà ce qui le révoltait, et non

---

(1) " Ideas habemus attributorum Ejus, sed quid sit rei alicûjus substantia minime cognoscimus. , *Philos. nat. principia math.*

(2) " Videmus tantum corporum figuras et colores, audimus tantum sonos, tangimus tantum superficies externas, olfacimus odores solos et gustamus sapores; intimas substantias nullo sensu, nulla actione reflexa cognoscimus; et multo minus ideam habemus substantiae Dei. Hunc agnoscimus solummodo per proprietates suas et attributa, et per sapientissimas et optimas rerum structuras, et causas finales. , *Ibid.*

2

le principe d'une théorie qu'on peut discuter et combattre, mais qui ne revêt aucun de ces caractères évidents de fausseté d'après lesquels l'épithète d'absurde peut être légitimement appliquée.

D'ailleurs, tant qu'on ne sort pas du point de vue *phénoménal*, c'est-à-dire relatif exclusivement à l'étude de l'ordre et de la marche des phénomènes, — et c'est à se maintenir sur ce terrain que Newton insiste énergiquement et itérativement, — on est pleinement en droit de se servir d'une hypothèse à laquelle s'adaptent tous les calculs, sans se préoccuper des objections et difficultés qu'elle peut soulever dans l'ordre métaphysique (1).

II

GRAVITATION ET DYNAMISME.

On pourrait déjà, ce nous semble, opposer à ceux qui repoussent telle ou telle théorie physique sous le prétexte qu'elle s'appuie sur le principe, faux selon eux, de l'action à distance, cette fin de non-recevoir : Nous n'avons pas à nous occuper, au sens métaphysique proprement dit, soit de l'action au contact, soit de l'action à distance; dans l'étude des phénomènes physiques en tant que telle, nous n'envisageons pas la portée qu'ils peuvent revêtir par

(1) " Au point de vue purement phénoménal ou mathématique, dit M. le prof. Paul Mansion, que signifient ces mots : action à distance d'un corps A sur un corps B, de la terre, par exemple, sur une pierre lancée verticalement de bas en haut ? Uniquement que le corps B s'éloignera ou se rapprochera du corps A suivant une certaine loi. Dans le cas de la pierre et de la terre, la pierre s'élèvera avec une vitesse rapidement décroissante jusqu'à une certaine hauteur, pour retomber ensuite dans un intervalle de temps que Galilée nous a appris à calculer approximativement. Nier l'action de la terre sur la pierre, dans le sens où nous l'entendons ici, ce serait nier le phénomène lui-même. Or, c'est dans ce sens mathématique ou phénoménal qu'on parle toujours de l'attraction à distance depuis Newton. , *Examen critique*, par M. P. Mansion, du mémoire intitulé : " *De l'unité des forces de gravitation et d'inertie*, par Eudore Pirmez, membre de la Chambre des représentants , de Belgique. P. 10.

l'interprétation philosophique. Or, dans le domaine des faits, tout se passe comme si les lois de la gravitation universelle étaient déterminées par l'action des corps, astres ou molécules, à distance les uns des autres. Donc, à ce point de vue uniquement mathématique ou phénoménal, on a le droit d'admettre l'action à distance.

Mais, tout en raisonnant suivant cette méthode, en laquelle le physicien qui ne veut pas sortir de son domaine demeure, croyons-nous, inattaquable, il n'est pas interdit toutefois au savant d'être philosophe. En cette dernière qualité, il lui est permis d'éclairer, à la lumière du flambeau métaphysique, les matériaux qu'il a réunis et les théories qu'il a construites en tant que savant. Comme philosophe, il a alors le droit d'avoir une opinion sur la donnée que, cantonné tout à l'heure dans son domaine purement phénoménal, il acceptait sans en apprécier la valeur intrinsèque.

Newton, dans son *Optique* et dans son livre des *Principes,* manifeste à chaque pas la ferme intention de ne pas sortir des limites de ce dernier domaine, encore que souvent, dans ses considérations scientifiques les plus élevées, le savant, en lui, ne parvienne pas toujours à exclure le philosophe. Mais dans sa correspondance avec Bentley, c'est bien sciemment et volontairement le philosophe qui parle, ou plutôt le savant que sa science, le portant plus haut qu'elle-même, élève jusqu'à la claire vue de la cause première et universelle d'où découlent toutes les causes secondes qu'il a rencontrées sur sa route.

Or, à ce point de vue, ce que Newton considérait comme absurde, — on ne saurait trop insister sur ce point, — c'était l'interprétation athée du principe de l'action à distance, bien plutôt que ce principe lui-même. Cela du moins semble ressortir du rapprochement des nombreux passages que nous avons cités de la correspondance de l'illustre astronome de Woolsthorpe avec le fameux prédicateur anglican.

Dans son *Optique* et même dans ses *Principes mathématiques de philosophie naturelle*, il se défend sans cesse, comme on l'a vu, de la pensée de vouloir chercher à expliquer la cause de la gravitation. Et cependant, malgré ses dénégations réitérées, il arrive que, quelques lignes après s'être écrié : *Hypotheses non fingo,* il propose en explication précisément une hypothèse, et même une hypothèse qui peut, au premier abord, paraître assez étrange. Il termine le scolie final du livre des *Principes* en disant qu'on pourrait y ajouter quelque chose à propos de *certain esprit très subtil* qui compénétrerait les corps solides et résiderait en eux d'une manière latente. Par la force et l'action de cet esprit subtil, les particules des corps s'attirent mutuellement à de très petites distances et adhèrent en se rapprochant ; les corps électriques agissent à de plus grandes distances tant pour repousser que pour attirer les corpuscules voisins ; la lumière rayonne, se réfléchit, s'infléchit, se réfracte et échauffe les corps ; par lui enfin toute sensation est excitée, etc. L'illustre auteur termine en observant qu'un tel sujet ne saurait être traité en peu de mots, et que d'ailleurs on n'a pas encore fait des expériences en nombre suffisant pour pouvoir déterminer et démontrer avec certitude la loi des actions de cet esprit (1).

Que pensait entendre Newton par cet esprit très subtil, *spiritu quodam subtilissimo,* compénétrant les corps solides et y résidant d'une manière latente? Pressentait-il le milieu éthéré, *l'éther* des physiciens modernes? Cela n'est pas invraisemblable. Quoi qu'il en soit, il semble

---

(1) " Adjicere jam liceret nonnulla de spiritu quodam subtilissimo corpora crassa pervadente, et in iisdem latente ; cujus vi et actionibus particulae corporum ad minimas distantias se mutuo attrahunt et contiguae factae cohaerent ; et corpora electrica agunt ad distantias majores, tam repellendo quam attrahendo corpuscula vicina ; et lux emittitur, reflectitur, refringitur, inflectitur, et corpora calefacit ; et sensatio omnis excitatur,... etc. Sed haec paucis exponi non possunt; neque adest sufficiens copia experimentorum, quibus leges actionum hujus spiritus accurate determinari et monstrari debent. , *Philosophiae naturalis principia mathematica.*— Scholium generale, à la fin.

manifeste que la recherche de la cause directe et immédiate de l'attraction mutuelle des corps tourmentait l'esprit du grand savant anglais. L'insistance même qu'il met, dans ses divers écrits, à dire qu'il ne recherche pas cette cause et ne veut pas s'en occuper, prouve tout au moins qu'elle le préoccupait. Il n'est pas interdit de penser que, par cette insistance réitérée, il cherchait à se mettre à couvert contre les objections, *d'ordre métaphysique*, que l'école cartésienne, probablement, ne se faisait pas faute de lui opposer. Et il est incontestable que, en se maintenant jalousement sur le terrain purement expérimental, en affirmant qu'il ne cherche pas *comment il se fait* que les choses vérifient la loi de la gravitation universelle, mais qu'il constate seulement que *tout se passe comme si* les corps, même distants les uns des autres, s'attiraient en raison directe de leurs masses et inverse du carré de leurs distances respectives, il échappe à toute objection, à toute opposition fondée sur la valeur ou non-valeur contestée ou contestable de son principe considéré métaphysiquement.

Mais si cette attitude est inexpugnable pour la défense de la théorie de la gravitation universelle, pourquoi ne le serait-elle point pour les partisans du dynamisme ou théorie atomique moderne ? Considéré au point de vue mathématique ou phénoménal, le dynamisme, issu des méditations de Boscowich, et qui peut se recommander de noms comme ceux des Euler, des Ampère, des Faraday, des Cauchy, des Saint-Venant et des Carbonnelle, le dynamisme n'est après tout que la continuation des idées de Newton développées et étendues du domaine des infiniment grands à celui des infiniment petits. Avoir découvert et révélé au monde les lois de la gravitation universelle, c'est là une œuvre de génie ; elle entoure la mémoire du physicien et astronome de Woolsthorpe d'une auréole de gloire qui ne s'éteindra jamais ; et cette gloire n'est point diminuée parce que l'illustre savant n'a pas pénétré les dernières conséquences de la théorie, celles qui concernent les éléments ultimes des corps, car il a du moins indiqué la voie où l'on pourrait les chercher.

Si Boscowich et quelques-uns de ses disciples ont pu aller plus loin que de raison en concluant trop vite, de ce que nous appellerions volontiers le *dynamisme phénoménal* ou mathématique, au dynamisme réel, il est permis aux métaphysiciens de les combattre sur le terrain métaphysique, car en pénétrant dans le domaine du réel et des causes ils entrent par là-même dans le domaine de la philosophie ; mais alors la discussion sort de l'ordre scientifique proprement dit, et les physiciens ne sont pas fondés à y prendre part en tant que tels. Comme savants, c'est sur le terrain phénoménal ou mathématique qu'ils ont seulement le droit de se placer, et ils ne peuvent légitimement combattre le dynamisme qu'en prouvant, par exemple, qu'il ne s'applique pas à tous les faits, que les déductions de ses formules ne concordent pas avec certains d'entre eux, etc. Mais ils ne sont pas fondés à le repousser, ne contestant pas d'ailleurs la justesse de ses conclusions et de ses conséquences dans l'ordre phénoménal et mathématique, sous prétexte que le principe de la théorie ne leur paraîtrait pas métaphysiquement acceptable.

C'est bien là, croyons-nous, le sens de la pensée de Newton s'écriant : *Hypotheses non fingo*. Non, il ne forme point d'hypothèses sur la manière dont procède la Cause première, par lui si magistralement signalée (1), pour faire que les corps soient mus les uns vers les autres suivant les lois qu'il décrit ; mais il constate que tout se passe dans l'univers suivant ces lois. Est-ce attraction, propulsion, tendance mutuelle, effluves spéciaux, action d'un milieu corporel ou incorporel? il ne l'examine pas, ne s'en soucie pas en tant que physicien, et il adopte le terme

---

(1) Lettres à Bentley et scolie final des *Principes de philosophie naturelle.*

d'attraction comme plus commode et parce que, pour la clarté de l'exposition, il faut en adopter un à l'exclusion des autres.

Laissons donc de côté, dans le champ des sciences physiques, ces interminables discussions sur la possibilité ou l'impossibilité de l'action à distance. Elles n'ont vraiment pas de raison d'être et ne peuvent qu'entraver l'essor de l'esprit humain dans la recherche des lois qui président aux phénomènes du monde physique et à leur harmonie. Qu'importe que l'action à distance ait ou n'ait pas de réalité concrète, si, en la prenant comme base de leurs calculs, les géomètres y trouvent la raison mécanique de tous les phénomènes? Ce sera, plus tard, aux philosophes à poser devant eux la théorie des savants, pour arriver à trouver, s'ils le peuvent, la cause véritable des faits ainsi expliqués, le *pourquoi* et le *comment* des lois qui les régissent, en un mot le mode suivant lequel la Cause première et souveraine a procédé et procède pour gouverner le monde.

BIBLIOTHÈQUE NATIONALE — B. F. — IMPRIMÉS.

BRUXELLES. — IMPRIMERIE POLLEUNIS ET CEUTERICK

37, RUE DES URSULINES, 37

REVUE DES QUESTIONS SCIENTIFIQUES

PUBLIÉE PAR

LA SOCIÉTÉ SCIENTIFIQUE DE BRUXELLES

NOUVELLE SÉRIE

Cette revue de haute vulgarisation, fondée en 1877 par la Société scientifique de Bruxelles, se compose actuellement de deux séries : la **première série** comprend 30 volumes (quinze années, 1877-1891) ; la **deuxième série** a été inaugurée l'année dernière, 1892, et son 3ᵉ volume est sous presse.

Elle paraît en livraisons trimestrielles de 350 pages environ, à la fin des mois de janvier, d'avril, de juillet et d'octobre.

Chaque livraison renferme trois parties principales.

La **première partie** se compose d'**Articles originaux**, où sont traités les sujets les plus variés se rapportant à l'astronomie, la physique, la chimie, l'histoire naturelle, l'anthropologie, l'ethnographie, l'orientalisme, l'agriculture, etc.

La **deuxième partie** consiste en une **Bibliographie scientifique**, où l'on trouve un compte rendu approfondi et une analyse développée des principaux ouvrages scientifiques récemment parus.

La **troisième partie** consiste en une **Revue des recueils périodiques**, où des écrivains spéciaux résument ce qui paraît de plus intéressant dans les archives scientifiques et littéraires de notre temps, et se termine par l'analyse des séances de l'Académie des sciences de Paris.

Outre ces trois parties, chaque livraison contient ordinairement un ou plusieurs articles de **Variétés** ou de **Mélanges scientifiques**.

CONDITIONS D'ABONNEMENT.

Le prix d'abonnement à la *Revue des questions scientifiques* est de **20 francs** par an, pour tous les pays de l'Union postale.

Les membres de la Société scientifique de Bruxelles ont droit à une réduction de **25 %** ; le prix de leur abonnement est de **15 francs** par an.

On s'abonne chez M. Oscar Schepens, directeur de la Société belge de librairie, 16, rue Treurenberg, à Bruxelles.

www.ingramcontent.com/pod-product-compliance
Lightning Source LLC
Chambersburg PA
CBHW070914200626
46818CB00006BA/2539